CW00394571

Mystère à Papendroch

© 1983, l'école des loisirs, Paris
Loi n° 49.956 du 16.07.49 sur les publications destinées à la jeunesse:
octobre 1982
Dépôt légal: septembre 1990
Imprimé en France par Aubin Imprimeurs à Poitiers-Ligugé

Jean Joubert

Mystère à Papendroch

Illustré par Maurice Garnier

Mouche de poche
l'école des loisirs
11, rue de Sèvres, Paris 6ᵉ

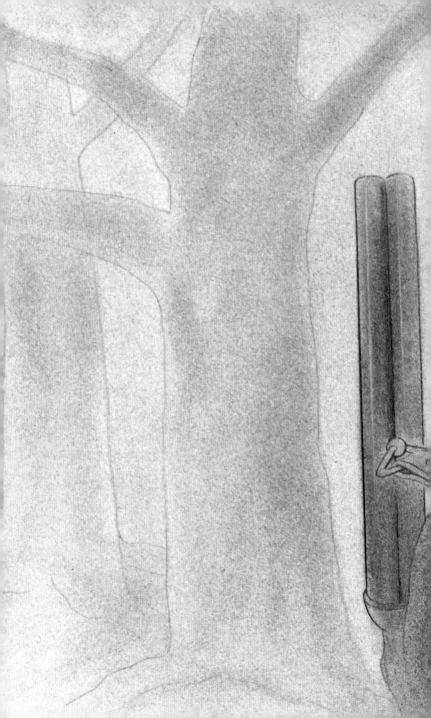

«Mais… mais… mais…» bégayait le garde champêtre de Papendroch en se grattant le nez. «Mais… mais, ma parole, j'ai la berlue! Hier soir, il n'y avait rien dans cette clairière. Je veux dire: rien que des fougères, des fourmilières, des taupinières. Maintenant, qu'est-ce que je vois, là-bas, au beau milieu, et qui fait la belle au soleil? Une maison!»

Le vent coulait sur les feuilles, le sous-bois sentait le muguet, un coucou chanta au loin et un autre lui répondit, car c'était le printemps.

Le garde champêtre de Papendroch releva son képi sur son front, essuya ses lunettes avec son mouchoir à carreaux, puis, les ayant remises sur son nez, il regarda la maison. Etrange, très étrange maison, avec sa façade couleur citron, son escalier en fer à cheval qui menait à une grande porte rouge, et ses deux fenêtres où flottaient des rideaux bleus.

«Allons, circulez, maison»,
cria le garde champêtre. «Vous n'avez rien à

faire ici. Circulez, vous dis-je, sinon je vais dresser procès-verbal!»

Le menton tremblotant, les yeux écarquillés, le garde champêtre de Papendroch eut soudain l'impression que, sous ses paupières bleues, la maison, elle aussi, le regardait.

Il y eut un coup de vent, la grande porte claqua avec un bruit de canon.

Le garde est brave, mais pas trop. Il prit ses jambes à son cou, et filant par les sentiers qui se coupent et s'entremêlent, il revint au village pour annoncer la nouvelle:

«Savez-vous ce qu'il y a, dans la clairière du bois? Une drôle... une drôle... une drôle de maison!»

Les uns disaient: «Il a bu», d'autres: «Il a la berlue», «Il est tombé sur la tête», «C'est un fantôme qu'il a vu!» Puis, tous ensemble: «Allons voir!»

Et tous à la queue leu leu, hommes et femmes, jeunes et vieux, courent dans les sentiers jusqu'à la fameuse clairière. La maison est bien là, le garde n'a pas menti : la maison jaune, rouge et bleue, avec son chapeau d'ardoise.

On s'approche à pas de loup, on traverse le perron, les moins peureux font les fiers et poussent la porte rouge. Ils entrent dans le vestibule. Des dalles blanches, un tapis, au plafond un lustre de cuivre, et de chaque côté une porte. A droite, une salle à manger. A gauche, un salon, une chambre. Le tout immense, meublé d'une manière exquise.

On s'exclame, on s'émerveille, on n'en finit pas de s'interroger :

«Elle est tombée du ciel», dit l'un, «pendant l'orage.»

«Avec la pluie et la chaleur, elle a poussé comme un champignon!»

Et un autre :

«Elle a glissé de quelque colline!»

C'est alors qu'un petit garçon nommé Christophe, qui s'est faufilé jusque-là entre son père

et sa mère, ouvre sa petite bouche et s'écrie:

«Moi, je crois que ce sont les lutins, les marmousets, les farfadets, les farfelus qui l'ont bâtie. Ils sortent de leurs trous, la nuit, et ils construisent ce qu'ils veulent. J'ai lu cela dans les contes!»

Tous le regardent bouche bée, et le garde champêtre dit: «Ma foi, qui sait?» en se grattant le nez. Mais tous les autres protestent:

«Allons, allons! Les lutins, les marmousets, les farfadets, les farfelus, cela n'existe pas. Des histoires, rien que des histoires!»

Christophe pourtant s'entête:

«Ou bien peut-être que c'est l'ogre qui l'a bâtie, cette maison. Oui, pourquoi pas l'ogre? Cela aussi je l'ai lu dans les livres.»

A ces mots, tout le monde cesse de rire.

«L'ogre? Quelle idée? L'ogre non plus n'existe pas!»

«Tu lis trop, Christophe», crie sa mère. «Tais-toi, tu ne sais pas ce que tu dis!»

Ils sortent tous en silence, et tout à coup qu'est-ce qu'ils voient sur la façade? Un écriteau qui auparavant, ils peuvent le jurer, n'y était pas. Et sur l'écriteau on peut lire:

en grosses lettres noires.

Sans demander leur reste, tous s'enfuient vers le village par les sentiers qui se croisent et s'entremêlent.

Le premier locataire ne tarda pas à apparaître. Dès le lendemain matin, il descendit de l'autobus et, sur la place du village, déclara à qui voulait l'entendre qu'il allait s'installer dans la maison. Il était acrobate, disait-il, et il adorait les grands bois. Ah, comme l'air y était pur! Quel calme! Quelle beauté! Y avait-il des écureuils dans la clairière? Oui? Parfait! Nous avons beaucoup à apprendre des écureuils: leur grâce, leurs bonds, leur souplesse. Lui-même allait mettre au point un numéro inégalable: triple saut périlleux arrière, triple saut périlleux avant, puis un bond jusqu'aux étoiles. Ah, voler! Voilà ce qu'il voulait. Les oiseaux aussi avaient beaucoup à nous apprendre.

Frisant sa moustache qu'il portait en tire-bouchon, il s'éloigna sur le sentier de la forêt, d'un pas léger. Et Christophe, qui l'avait suivi à distance, le vit entrer dans la maison dont la cheminée bientôt se mit à fumer derrière les arbres.

Les jours suivants, on put voir l'acrobate faire des pirouettes et des bonds au soleil, sur la terrasse. Poussant de petits cris et des sifflements, il parlait avec les écureuils, les tourte-

relles, les hirondelles, les mésanges, et parfois il sautait si fort, avec tant de fougue et de grâce, qu'il semblait voler plus haut que le toit de la maison. Ah, qu'il était beau à voir, avec son collant de soie, ses longues mains qui battaient comme des ailes, et sa moustache qui tire-bouchonnait au vent!

Caché dans les fougères, Christophe regardait l'acrobate avec admiration, et il pensait que lui aussi, plus tard, lorsqu'il aurait quitté l'école, il pourrait devenir artiste et, qui sait? s'engager dans un cirque qui ferait le tour du monde.

Un soir où l'acrobate avait réussi un saut particulièrement audacieux, Christophe l'entendit crier: «Je vole, je suis oiseau!»

Mais, en touchant terre, l'homme-oiseau trébucha contre une racine et s'étala de tout son long, le nez dans les pissenlits.

Alors Christophe entendit comme un rire traverser la forêt. Peut-être était-ce le vent ou peut-être un grondement d'orage, mais vraiment on aurait dit un grand rire, et qu'il venait de la maison.

A partir de ce jour-là d'ailleurs, on ne revit plus l'acrobate. La grande porte restait fermée. Plus de cabrioles, plus de sauts périlleux ni de cris de joie sur la terrasse, mais le vide et le silence.

Le garde champêtre vint faire son enquête, et il lui fallut constater que le locataire avait bel et bien disparu.

«Il nous a quittés, l'animal», songea-t-il, «et sans même nous dire adieu. Les gens sont ainsi maintenant: ils ne peuvent rester en place!»

Et il n'y songea plus. D'ailleurs, dès le lende-main, et comme s'il avait été prévenu de façon mystérieuse que la maison était libre, arriva un nouveau locataire.

C'était un petit barbu tout habillé de noir, et qui portait sous le bras un télescope. Il ne parlait que de Grande Ourse et de Petite Ourse, de Voie Lactée, de météores, de planètes et de comètes. Tout le reste semblait l'ennuyer. On le disait «dans la lune», et bien qu'il n'y fût pas vraiment, sans doute l'eût-il désiré, car chaque soir au crépuscule, à cheval sur le faîte du toit, comme un guerrier sur sa monture, il brandissait vers la lune non pas une lance mais son télescope étincelant.

Que voyait-il là-haut qui le mettait en joie? Du village on l'entendait rire, siffler comme un pinson, triller comme le rossignol, roucouler comme la tourterelle, et parfois il entonnait un chant débridé à la gloire de quelque planète. La nuit, semblait-il, lui montait à la tête. Mais, le jour, c'était un homme charmant, discret et poli. S'il lui arrivait de demander à l'épicier «un kilo d'étoiles» ou «un litre de lune» personne ne lui en tenait rigueur. Les savants sont distraits bien sûr, et ne doit-on pas respecter la science?

Le fameux jour de l'éclipse du soleil, Christophe vit que le barbu était à son poste

bien avant l'heure prévue. On eût dit qu'entre ses genoux la maison piaffait d'impatience. Enfin le soleil s'obscurcit, la nuit tomba sur la terre où les oiseaux inquiets se turent. Dans le silence noir il y eut alors comme un bruit de bouche. Quand la lumière revint, le toit était vide, vide comme la maison. Etrangement on ne retrouva nulle trace de l'astronome.

Le lendemain, arriva un nain à la chevelure rousse d'épagneul, qui pendant six jours fit le fou dans les buissons et les fougères, chassant les papillons qui abondent dans la forêt. A peine les avait-il saisis au fond de son filet qu'avec des gestes délicats, les caressant et soufflant sur leurs ailes, il les enfermait dans une cage. «C'est un sphinx!» «C'est un paon!» ou «C'est un machaon!» criait-il. «Ah, quelle merveille!»

Le soir, lorsque se couchait le soleil, le nain s'asseyait sur la terrasse devant la cage aux papillons où tournoyaient alors de beaux vols rouges, jaunes et bleus.

Cela dura sept jours. Puis brusquement il disparut.

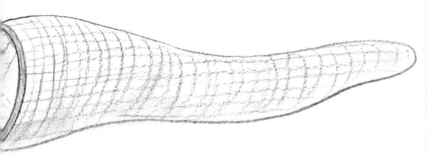

Vint alors une dentellière, qui chantait à sa fenêtre, penchée sur ses aiguilles, et dont la longue dentelle se déroulait sur la mousse, entre les buissons et les arbres, comme une couleuvre argentée.

Ainsi, pendant sept jours, ses mains dansèrent au soleil, et sa chanson parlait d'amour et d'espérance.

Elle aussi, sans crier gare, s'évapora.

Le garde champêtre, comme d'habitude, vint mener son enquête. Il constata une fois de plus que

la maison était vide, se gratta le nez, hocha la tête, et retourna à ses affaires.

Mais Christophe, lui, réfléchissait et comptait sur ses doigts : « Un, deux, trois, quatre », et il commençait à trouver cette maison bizarre, très bizarre !

Dès lors on essaya bien de les prévenir, les nouveaux locataires qui ne cessaient d'arriver :

« Cette maison est étrange. Il s'y passe des choses, des choses... Faites bien attention ! »

On les interrogeait aussi :

« D'où venez-vous ? Qui vous envoie ? A quoi ressemble le propriétaire ? »

Mais là-dessus ils n'étaient pas bavards, ils n'avaient rien à dire, ils balbutiaient :

« Eh bien voyons, peut-être que... Mais oui ! Mais non ! Ah, laissez-moi réfléchir ! »

On aurait cru qu'en chemin ils avaient perdu la mémoire.

« Ne vous inquiétez pas pour nous. Tout ira bien, vous verrez », ajoutaient-ils, et, prenant les sentiers qui se croisent et s'entremêlent, ils s'enfonçaient dans la forêt. Bientôt fumait la cheminée de la maison.

Vinrent ainsi deux chapeliers, trois officiers, puis

quatre retraités de la S.N.C.F., puis cinq sœurs de

charité, puis six explorateurs et leur chien, qui

tous, tour à tour, disparurent.

On s'étonnait à Papendroch, les langues allaient leur train, mais c'est lorsque le Professeur Kornikof vint s'installer avec ses sept filles, et que tous, une nuit, disparurent, que l'on commença vraiment à s'affoler.

Imaginez, un professeur de musique de grand renom, qui avait enseigné à Paris, à Berlin, à Londres, à Tombouctou, et sept petites filles brunes comme des notes sur une portée ! Ah, comme chantaient leurs violons, le soir, sur la terrasse ! Quels airs divins sous les étoiles ! Sept soirs, puis plus rien. Qu'allait penser le monde ? L'honneur de Papendroch était en jeu.

Le maire réunit la population. Et tous de soupirer, de se gratter le nez, de compter sur leurs doigts, et, comme ils n'avaient pas assez de doigts, forcément ils s'embrouillaient.

«Vingt-cinq», disait le maire.

«Vingt-huit», criait un autre.

Et un autre encore :

«Trente.»

«Trente-deux», dit Christophe, qui avait bonne mémoire et qui, lui, savait compter. «Oui, trente-deux : un acrobate, un astronome, un nain, une dentellière, deux chapeliers, trois officiers, quatre retraités de la S.N.C.F., cinq sœurs de charité, six explorateurs, le Professeur Kornikof et ses sept filles. Trente-deux, sans compter le chien, qu'il faudrait d'ailleurs compter pour être juste. Ce qui fait trente-trois.»

«Trente-trois! Mon Dieu, trente-trois ans : l'âge du Christ», soupira le curé.

«Trente-trois disparus, c'est beaucoup, c'est trop», dit fortement le maire.

«Il faut agir!»
Et regardant
le garde champêtre
droit dans les yeux :

«Je veux dire qu'il faut faire quelque chose. Monsieur le garde champêtre, c'est sur vous que nous comptons. Vous représentez la loi ici, et il faut que la loi ait le dernier mot. Vous serez le trente-quatrième locataire. Un homme averti en vaut trente-deux, et même trente-trois, en comptant le chien. Prévenu, vous l'êtes. Vous nous direz ce qui se passe dans cette fameuse maison.»

Le garde champêtre, on le sait, n'est pas très brave. Il bafouille, il tremblote, il devient blanc comme craie. Il tombe sur le plancher, on le couche dans son lit, il délire, il est malade. Quarante et un degrés, dit le thermomètre. Cela aussi c'est beaucoup! Que pourrait-on attendre d'un mourant, ou peu s'en faut? Tout le monde se désespère.

C'est alors que Christophe hors de la foule se faufile. Il ne sait pas ce qui le pousse, mais il sait ce qu'il doit faire. Il entend au fond de sa tête des voix douces qui l'appellent. Il peut les compter: trente-trois.

Il court dans les rues du village, il quitte les dernières maisons, il va jusqu'à la grotte où habite une sorcière.

Elle est à ses fourneaux, dans la lueur du feu, et, le voyant, s'écrie: «Que me veux-tu?»

Ses yeux brillent, elle agite sa chevelure. On croirait un lion qui va bondir et mordre, mais Christophe n'a pas peur.

«J'ai besoin que tu m'aides», dit-il. «Je t'en prie, toi qui peux tout, donne-moi la force.»

Elle le regarde d'un air terrible.

«La force? Et pourquoi veux-tu la force?»

«C'est à cause de la maison», dit-il, «la maison dans la clairière.»

Elle comprend. Elle se radoucit, le voyant si brave et si petit.

«Soit! Je te donnerai ce que tu désires.»

Et prenant dans une boîte une pilule rouge:

«Ouvre la bouche!»

A peine l'a-t-il avalée qu'il sent du feu courir dans ses veines.

«Prends encore ces deux pilules», dit la sorcière. «Une bleue pour la mémoire, une noire pour le courage. Tu en auras besoin, plus tard. Et emporte aussi cette bobine de fil.»

«Du fil? Pour quoi faire?»

«Pour marquer le chemin.»

«Quel chemin?»

«Tu verras bien: le chemin.»

Christophe s'enfonce dans la forêt, il court par les sentiers qui se croisent et s'entremêlent. Il s'approche de la maison immobile dans la clairière.

Il entre par la grande porte, et comme la nuit tombe, il allume vite une lampe. Tout est dé-

sert, silencieux, et, tandis qu'il va de pièce en pièce, d'immenses ombres se déplient sur les murs.

Mais en lui il n'y a pas de peur.

Il écoute, il attend, il s'assied dans un fauteuil, il se pince le bras pour ne pas s'endormir. Les heures passent. Minuit sonne enfin au clocher du village : douze coups lointains, au-delà des ombres de la forêt.

Douze coups.

Soudain il lui semble que la maison bouge, très peu d'abord, très peu comme un navire dans la houle; puis les tentures se gonflent, les murs craquent, le lustre se balance de plus en plus fort. Vite, à tout hasard, Christophe attache le bout du fil au pied de la table. Il était temps! Avec lenteur le sol se fend, il s'ouvre comme une énorme bouche. Oui, c'est une bouche. Christophe est aspiré, il tombe, il glisse interminablement ainsi qu'on glisse l'hiver sur une pente glacée. Il s'enfonce dans la nuit, mais il n'a pas lâché la bobine de fil, qui derrière lui se déroule.

Il glisse toujours comme s'il traversait les profondeurs de la terre. Quelle aventure ! Christophe ne tient plus qu'à un fil.

Et derrière lui, le fil se déroule.

Enfin Christophe voit une lueur qui se rapproche, se rapproche, une vive lumière, le soleil ! Il pense :

« Je dois être de l'autre côté de la terre. »

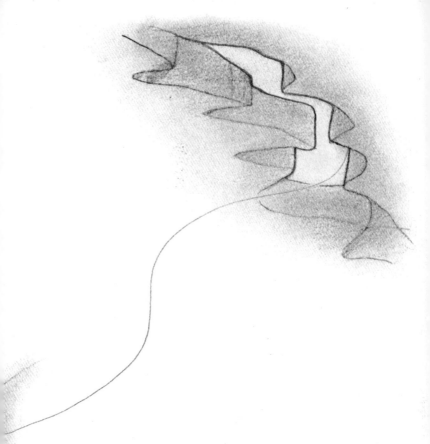

Il débouche dans un paysage enchanteur de prairies, d'arbres et de fleurs, que traverse un fleuve rose.

Et ils sont tous là, il les voit :

L'acrobate qui vole au-dessus des collines,

l'astronome qui dans ses bras berce une étoile,

le nain avec un nœud papillon de satin bleu,

la dentellière dont la dentelle habille les sa-
pins,

les deux chapeliers aux chapeaux dorés,

les trois officiers qui crient: «A bas la
guerre!»

les quatre retraités qui sonnent la retraite,

les cinq sœurs de charité, légères comme des
anges,

les six explorateurs qui explorent les buissons,

et là-bas, mais oui, le Professeur Kornikof et
ses sept filles, plus brunes, plus belles que ja-
mais, qui jouent une symphonie de Mozart.

Et puis le chien : le chien qui, dirait-on, se prend pour un chimpanzé, et saute de branche en branche.

Christophe a vite noué le fil au tronc d'un arbre, il se précipite vers la petite foule, il crie :

« Je suis là. Je suis venu pour vous sauver. Vous vous rappelez Papendroch, la forêt, la maison ? C'est la maison qui vous a mangés. »

Mais leurs yeux sont ailleurs, leurs lèvres sourient, leurs cheveux flottent doucement à la brise.

« Venez ! Suivez-moi ! Nous suivrons le fil, je vous ramènerai de l'autre côté de la terre. »

C'est en vain qu'il leur parle, qu'il les supplie, qu'il les tire par la manche. Personne ne semble le voir ni l'entendre. Joyeusement ils s'éloignent tous entre les arbres, sur la rive du fleuve rose.

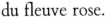

Et voilà que dans la douceur de l'air, dans la musique exquise des violons et des voix, Christophe a envie de les suivre. La lumière est si pure dans le ciel sans nuages. Les souvenirs du village, de la forêt s'effacent dans sa tête : il va tout oublier.

Alors il prend vite dans sa poche la deuxième pilule de la sorcière, la pilule bleue, il l'avale, et soudain la mémoire lui revient. Il crie : «Non!» Il court vers l'arbre, y retrouve le fil, il suit le fil, il glisse, il glisse en sens inverse sous la terre.

Le temps recule. Le fil file entre les doigts. Grâce à lui, Christophe reconnaît le chemin.

Enfin, dans un bruit de hoquet qui sort des profondeurs, Christophe est projeté dans la bouche de la maison, sur une langue rouge qui

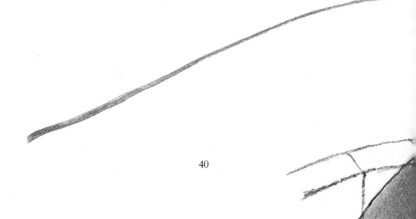

ondule et se tord si violemment, avec une telle rage, qu'il tombe et voit devant lui, tout près, de grosses dents qui luisent. Il pousse un cri, il a juste le temps de prendre la troisième pilule de la sorcière, la pilule noire du courage, et aussitôt, d'un bond, il franchit les mâchoires et court sur l'herbe de la clairière.

Derrière lui, la bouche souffle en tempête, les mâchoires se referment avec un claquement. Trop tard! Déjà Christophe est sous l'abri des arbres.

La maison a jeté son masque, elle grince des dents.

«Ah, c'est donc toi!» s'écrie l'enfant.

«Je t'ai bien reconnu: l'ogre des livres et des légendes!»

La maison frénétiquement s'agite, elle crache un nuage, puis, dans un grondement, s'enfonce dans le sol, qui s'ouvre et tremble. Il ne reste bientôt qu'un cratère qui se referme, s'efface, se couvre d'herbe et de fleurs.

Christophe est étendu dans l'herbe, il mâche la tige d'une fleur, il respire l'odeur du vent. Dans la clairière un oiseau chante, les feuilles font un bruit de source, et, au clocher de Papendroch, voici que sonne l'angélus.

C'est une journée ordinaire, avec ses papillons, ses écureuils, ses fils de la vierge, ses parfums, sa musique d'abeilles. Une journée comme les autres: une journée extraordinaire, sur la terre des enfants et des hommes.